AF724474

ISSÉ,

PASTORALE HÉROÏQUE,

EN CINQ ACTES,

Représentée, devant SA MAJESTÉ, *à Versailles, le 18 Décembre 1773.*

BIBLIOTHÈQUE NATIONALE

DE L'IMPRIMERIE

De P. ROBERT-CHRISTOPHE BALLARD, seul Imprimeur, pour la Musique de la Chambre & Menus-Plaisirs du Roi, & seul Imprimeur de la grande Chapelle de Sa Majesté.

M. DCC. LXXIII.

Par exprès Commandement de Sa Majesté.

Les Paroles sont de feu M. LAMOTHE.

La Musique de feu M. DESTOUCES, avec des changemens dans les Fêtes, par M. BERTON, Maître de la Musique du Roi, Directeur de l'Opera.

PERSONNAGES CHANTANS DANS LES CHŒURS.

Côté du Roi.		Côté de la Reine.	
Les Dlles.	Les Srs.	Les Dlles.	Les Srs.
Canevas.	Joguet.	Dubois 1.	Cailteau.
Girardin.	Cochois.	D'Aigremont.	Hery.
Le Bourgeois.	Surville.	Desjardins.	Van Hecke.
Dubois M.	Boſquillon.	Aubert.	Martin.
Favier.	Abraham.	Dumats.	Larlat.
Camus.	Roiſin.	Reich.	Vatelin.
Mezieres.	Cachelievre.	Véron.	Tourcati.
Fontenet.	Cuvillier.	D'Hautrive.	Lagier.
Le Clerc.	Fleury.	D'Agée.	Gichard.
Arnoud C.	Puteau.	Laurette.	Couſſi.
Friard.	Platel.	Des Roſieres.	Ducornet.
Denis.	Durais.	Godoneche.	Joly.
Renard.	Le Begue.	Duval.	D'Ercourt.
Du Chateau.	Bazire L.	Voiſin.	Rey.
Le Gros.	Vandeuil.	Demerey.	Bois.
D'Aloyeau.	Bazire C.	Garus.	Laurent.
Picot.	Piercourt.	Laure.	Jouve.
Le Miere.	Le Roux.	Roſtene.	Lainés.
Bertin.	Charles.		Meon.
	Marcou.		Cleret.
	Puceneau.		Buquet.

PERSONNAGES DANSANS.

ACTE PREMIER.

ACTE SECOND,

ACTE TROISIÈME.

ACTE QUATRIÈME.

ACTE CINQUIÈME.

ACTEURS
DE LA PASTORALE.

APOLLON, *déguisé en Berger, sous le nom de* PHILEMON.	Le S^r. LE GROS.
PAN, *déguisé en Berger, confident d'*APOLLON.	Le S^r. DURAND.
HILAS, *Berger.*	Le S^r. L'ARRIVÉE.
ISSÉ, *Nymphe, fille de Macarée.*	La Dlle. ARNOULD.
DORIS, *sœur d'*ISSÉ.	La Dlle. L'ARRIVÉE.
*Suite d'*HILAS.	
DEUX BERGERES.	La Dlle. L'ARRIVÉE. La D^lle. BEAUMESNIL.
BERGERS, BERGERES & PATRES.	
UN BERGER.	Le S^r. LAINÉ.
LE GRAND PRÊTRE *de la Forêt de Dodone.*	Le S^r. PLATEL.
PRÊTRES & PRÊTRESSSES.	
L'ORACLE.	Le S^r. MUGUET.
SILVAINS & DRYADES.	
UNE DRYADE.	La Dlle. L'ARRIVÉE.
SONGES.	
LE SOMMEIL.	Le S^r. MUGUET.

ISSÉ,

PASTORALE-HÉROÏQUE.

ACTE PREMIER.

Le Théâtre repréſente un Hameau.

SCÈNE PREMIÈRE.

APOLLON, *déguiſé en Berger, ſous le nom de* PHILEMON.

QUAND on a ſouffert une fois
L'amoureux eſclavage,
Ah ! devroit-on s'expoſer davantage
A gémir ſous les mêmes loix ?

La cruelle Daphné dédaigna ma tendresse ;
De mes ardens soupirs, de mes soins empressés
Mon cœur ne receuillit qu'une affreuse tristesse.
Faut-il aimer encore ? Et n'est-ce pas assés
D'une malheureuse foiblesse ?

Quand on a souffert une fois
L'amoureux esclavage,
Ah ! devroit-on s'exposer davantage
A gémir sous les mêmes loix ?

SCÈNE SECONDE.

PAN, *déguisé en Berger*, APOLLON.

PAN.

A Qui vous plaignés-vous de vos nouvelles chaînes ?

APOLLON.

Pan, tu vois les témoins de mes tendres tourmens.

Les prés, les bois & les fontaines
Sont les favoris des amans ;

On paſſe ici d'heureux momens,
Même en s'y plaignant de ſes peines,

Les prés, les bois & les fontaines
Sont les favoris des amans.

PAN.

Ne ſeront-ils témoins que de votre martire ?
Entendront-ils toujours vos languiſſans regrets ?
Apollon n'aura-t-il jamais
De plus doux ſecrets à leur dire ?

APOLLON.

J'eſpere d'être plus heureux ;
Mon malheur n'eſt pas invincible.
Les yeux charmans d'Iſſé m'ont demandé mes vœux.
Ah ! ne ſerai-je pas le plus content des Dieux,
Si ſon cœur ſenſible
Eſt d'accord avec ſes yeux !

PAN.

Pourquoi lui déguiſer votre rang glorieux ?

APOLLON.

Je veux, ſans le ſecours de ma grandeur ſuprême,
Eſſayer de plaire en ce jour :
Qu'il eſt doux d'avoir ce qu'on aime
Par les ſeules mains de l'amour !

Mais, je voi la Nymphe paroître.
Il faut contraindre encor mes tendres mouvemens ;
Cachons-nous à ſes yeux, & tâchons de connoître
Quels ſont ſes ſecrets ſentimens.

SCÈNE TROSIÈME.

ISSÉ.

HEUREUSE paix, tranquille indifférence,
Faut-il que pour jamais vous ſortiés de mon cœur ?

Je ſens que ma fierté me laiſſe ſans défenſe ;
Rien ne peut me ſauver d'un trop charmant vainqueur ;
L'amour, le tendre amour force ma réſiſtance,

Heureuſe paix, tranquille indifférence,
Faut-il que pour jamais vous ſortiés de mon cœur ?

Je force encor mes regards au ſilence ;
Je cache à tous les yeux ma nouvelle langueur ;
Mais, que ſert cette violence ?
L'amour en a plus de rigueur,
Et n'en a pas moins de puiſſance.

Heureuſe paix, tranquille indifférence,
Faut-il que pour jamais vous ſortiés de mon cœur ?

SCÈNE QUATRIÈME.

DORIS, ISSÉ.

DORIS.

J'AIME à vous voir en ce lieu solitaire,
Il offre mille attraits à des cœurs amoureux ;
Vous y venés rêver ; c'est un présage heureux,
Qu'enfin Hilas a sçû vous plaire.

Votre cœur dès long-tems se devoit à ses feux.
On n'a jamais brûlé d'une ardeur plus fidelle ;
Bien-tôt par d'agréables jeux
Il vous en donne encore une preuve nouvelle.

ISSÉ.

Hélas !

DORIS.

Avant cet heureux jour
Votre insensible cœur ignoroit ce langage,
Et ce soupir est le premier hommage
Que je vous vois rendre à l'amour.

ISSÉ.

Que ne puis-je encor fuir son funeste esclavage !
Mes jours couloient dans les plaisirs,
Je goûtois à la fois la paix & l'innocence,
Et mon cœur, satisfait de son indifférence,
Vivoit sans crainte & sans desirs :
Mais depuis que l'Amour l'a rendu trop sensible
Les plaisirs l'ont abandonné
Quel changement ! ô ciel ! est-il possible ?
Non, ce n'est plus ce cœur si content, si paisible ;
C'est un cœur tout nouveau que l'Amour m'a donné.

DORIS.

Se peut-il que votre cœur tremble ;
Quand il ne tient qu'à lui d'être heureux dès ce jour ?
Il faut qu'avec Hilas un beau nœud vous assemble,
L'Hymen, pour vous unir, n'attendoit que l'Amour.

Quand un doux penchant nous entraîne,
Pourquoi combatre nos déſirs ?
Eſt-il une plus rude peine
Que de reſiſter aux plaiſirs ?

(On entend une Symphonie.)

ISSÉ.

Mais qu'annoncent ces ſons ! quel ſpectacle s'apprête ?

DORIS.

Pourquoi feindre de l'ignorer ?
Ces concerts ſont pour vous ; c'eſt la nouvelle fête
Qu'Hilas vous a fait préparer.

-s et la danse entrent par
ec les deux Bergeres chantantes

SCÈNE

SCÈNE CINQUIÈME.

ISSÉ, DORIS, HILAS,
SUITE D'HILAS.

(On danse.)

HILAS, *à Issé.*

NYMPHE, jugés ici de ma flâme fidelle,
Souffrés que, par d'aimables jeux,
Mon hommage se renouvelle;
Et n'opposés point à mes feux
Une indifférence éternelle.

ISSÉ.

La seule indifférence assure un sort heureux.

HILAS.

L'amour a tout soumis à ses loix souveraines,
Il fait sentir ses feux dans l'humide séjour;
Il blesse de ses traits, il charge de ses chaînes
La fière Diane & sa Cour.
Mais il n'est pas encor content de sa victoire,
Le coeur d'Issé manque à sa gloire.

Aimés, aimés, ne soyés plus rebelle
A de tendres desirs :
Suivés l'Amour qui vous appelle,
Par la voix des plaisirs.

CHŒUR.

Aimés, aimés, ne soyés plus rébelle
A de tendres desirs :
Suivés l'Amour qui vous appelle
Par la voix des plaisirs.

(On danse.)

DEUX BERGÈRES.

Les doux plaisirs habitent ce bocage,
Des plus longs jours, ils nous font des momens.
Les Rossignols par leurs concerts charmans,
Le bruit des eaux, le Zéphire & l'ombrage,
Tout sert ici, l'Amour & les Amans.

(On danse.)

HILAS.

Sans succès, belle Issé, quitterai-je ces lieux?
Pouvés-vous plus long-tems résister à ma flâme?

Quoi ! l'Amour a-t-il mis tous ſes traits dans
vos yeux ?
N'en a-t-il point gardé pour ſoumettre votre
âme ?

Vous ne répondés rien ! Hélas ! Quelle ri-
gueur !
Il ſemble qu'avec ma langueur,
Votre injuſte fierté s'augmente.
Ne verrai-je jamais la fin de mon malheur ?
Rendrés-vous chaque jour ma chaîne plus
peſante ?

Mais c'eſt trop vous laſſer d'une vaine dou-
leur,
Je vous laiſſe, Nymphe charmante :
Songés du moins que votre cœur
Ne peut être le prix d'une ardeur plus conſ-
tante.

ISSÉ.

Autant que je le puis, je réſiſte aux Amours,
De leurs traits dangereux, je redoute l'at-
teinte :
Heureuſe, ſi ma crainte
M'en défendoit toujours !

CHŒUR.

Aimés, aimés, ne ſoyés plus rebelle
A de tendres deſirs :
Suivés l'Amour qui vous appelle
Par la voix des plaiſirs.

ſe retire

FIN DU PREMIER ACTE.

demoiselles des chœurs
habits de Pastres et

ACTE SECOND.

Le Théâtre représente le Palais d'ISSÉ, & ses Jardins.

SCÈNE PREMIÈRE.

ISSÉ, DORIS.

ISSÉ.

AMOUR, laisse mon cœur en paix.
Mille autres se feront un plaisir de se rendre;
Ne te plais-tu, cruel, à blesser de tes traits,
Que ceux qui veulent s'en défendre?
Mille autres se feront un plaisir de se rendre;
Amour, laisse mon cœur en paix.

DORIS.

Je vois Philémon qui s'avance,
Cet aimable Étranger cherche par-tout vos yeux;
Sans doute, c'eſt l'amour qui l'amène en ces lieux.

ISSÉ.

Il faut éviter ſa préſence.

Dessus la Scene
l'on est entré.

SCÈNE SECONDE.

ISSÉ, DORIS, APOLLON ET PAN, *déguisés en Bergers.*

APOLLON.

BELLE Nymphe, arrêtés. D'où vient cette rigueur ?
Quelle injuſte fierté vous guide ?
Hélas ! par vos mépris, n'abattés point un cœur
Qui n'eſt déjà que trop timide.

ISSÉ.

De quoi vous plaignés-vous, & pourquoi m'arrêter ?
Berger, qu'avés-vous à me dire ?

APOLLON.

Hélas ! pouvés-vous en douter ?
Vous entendés que je ſoupire.

Vous lisés dans mes yeux le secret de mon cœur,
Je ne puis plus cacher le trouble de mon âme.
Et mon désordre & ma langueur,
Tout vous fait l'aveu de ma flâme.
Quel silence? quel trouble? ah! vous aimés Hilas?

ISSÉ.

Quand mon cœur l'aimeroit, je n'en rougirois pas.

APOLLON.

Vous l'aimés donc? ô Ciel! quel rigoureux supplice!
En quels maux cet aveu vient-il de me jetter!
Vous l'aimés! c'en est fait, il faut que je périsse;
Mes jours ne tenoient plus qu'au plaisir d'en douter.

ISSÉ.

Que vois-je! a quel erreur vous laissés vous séduire?

Non,

Non, non, vous n'avés point de rivaux ſatisfaits.
Je n'aime point Hilas, c'eſt en vain qu'il ſoupire ;
Non, je ne l'aimerai jamais.

Ah! que ne puis-je auſſi bien me défendre
D'un trait plus doux dont je me ſens fraper!
Mais, que dis-je! je crains de vous en trop apprendre,
Mon funeſte ſecret eſt prêt à m'échapper.

APOLLON.

Achevés, belle Iſſé; rendés-vous à mes larmes;
Banniſſés d'un ſeul mot mes cruelles allarmes.
Pour qui ſont ces tendres ſoupirs?
Ah! ne ſuſpendés plus mes maux, ou mes plaiſirs.

ISSÉ.

Ceſſés, ceſſés une ardeur ſi preſſante,
Je ne veux plus vous écouter.

APOLLON.

Arrêtés, Nymphe trop charmante.

ISSÉ.

Non, laissés-moi vous éviter.

APOLLON.

Vous me fuyés, & je vous aime.

ISSÉ.

Je suis l'Amour, quand je vous fuis.

APOLLON.

Dissipés le trouble où je suis.

ISSÉ.

N'augmentés pas celui qui m'agite moi-même.

APOLLON.

Rendés-vous à mes feux.

ISSÉ.

Ne tentés plus mon cœur.

APOLLON.

Pourquoi craindre d'aimer ?

ISSÉ.

On doit craindre un vainqueur.

SCÈNE TROISIÈME.

PAN, DORIS.

PAN.

NE ſongés point à m'éviter,
Doris, que leur amour faſſe naître le nôtre.
Si vous voulés les imiter,
Mon cœur eſt prêt, & n'attend que le vôtre.

DORIS.

Les Bergers offrent leur cœur
A la première Bergère ;
Ce n'eſt pas pour eux une affaire
De riſquer un peu d'ardeur ;
Mais pour nous, le choix d'un Vainqueur
Eſt plus dangereux à faire.

PAN.

Avant de nous mieux engager,
Eſſayés ſi mon cœur accommode le vôtre ;
S'ils ne ſont pas faits l'un pour l'autre
Il eſt bien aiſé de changer.

DORIS.

Vous parlés déjà d'inconſtance,
C'eſt le moyen de m'allarmer.

PAN.

Par ma ſincérité, je veux me faire aimer,
Et je parle comme je penſe.

Je ne réponds jamais aux Belles
De la conſtance de ma foi :
Mais ceux qui promettroient des ardeurs éternelles
Seroient moins ſincères que moi,
Et ne ſeroient pas plus fidèles.

DORIS.

L'amour n'eſt point charmant pour de foibles deſirs ;
Vous ignorés le poids de ſes plus douces chaînes.

PAN.

Je me prive des grands plaiſirs,
Pour m'exempter des grandes peines.

ENSEMBLE.

PAN. { Il faut traiter l'Amour de jeu,
DORIS. { Pourquoi traiter l'Amour de jeu,

PAN. { Autrement il est trop à craindre,
DORIS. { Quels tourmens ses nœuds font-ils craindre !

On ne doit point bruler d'un feu
Qu'il soit { difficile / trop facile } d'éteindre.

PAN.

O vous, qu'on entend chaque jour
Célébrer en ces lieux quelque nouvel amour,
Habitans fortunés de ces prochains bocages,
Vénés prendre part à mon choix ;
Et que Doris apprenne par vos voix,
Qu'il n'est d'heureux Amans que les Amans volages.

SCÈNE QUATRIÈME.

PAN, DORIS, BERGERS, BERGERES ET PASTRES.

(*On danse.*)

CHŒUR.

CHANGEONS toujours
Dans nos amours,
Heureux un cœur volage!
Changeons toujours,
Dans nos amours,
Nous aurons de beaux jours.
L'Amour veut qu'on s'engage;
Que faire du bel âge
Sans son secours?

(*On danse.*)

UN BERGER, *alternativement avec le* CHŒUR.

Formés les plus doux nœuds,

Aimés sans peine,
Formés les plus doux nœuds,
Vivés heureux.

Qui souffre trop d'une inhumaine
Doit aussi-tôt changer;
C'est en brisant sa chaîne
Qu'il faut s'en venger.

Formés les plus doux nœuds,
Aimés sans peine,
Formés les plus doux nœuds,
Vivés heureux.

Vous, jeunes cœurs, qu'amour entraîne,
Fuyés les pleurs,
Les soins & les langueurs,
Allés où le plaisir vous mène.

Formés les plus doux nœuds, &c.

(*On danse.*)

DORIS.

ARIETTE.

Vous, qui regnés dans ce boccage,

Venés y répondre à mes vœux,
Oiseaux, fixés vous en ces lieux;
Favoris de l'Amour vous parlés son langage:
Quand vous chantés ce Dieu j'aime votre ramage.

(On danse.)

FIN DU SECOND ACTE.

s et Demoiselles des Chœurs
des habits de Sylvains
selles des habits de Dryades.

ACTE

ACTE TROISIEME.

Le Théâtre représente la Forêt de DODONE.

SCÈNE PREMIÈRE.

APOLLON, PAN.

APOLLON.

LA Nymphe eſt ſenſible à mes vœux ;
Mais, le dirai-je, & le pourras-tu croire ?
Malgré cette douce victoire,
Je ne ſuis pas encore heureux.

PAN.

Quoi ! vous avés fléchi l'objet qui ſait vous plaire,
Et vous oſés former d'autres vœux en ce jour !
Apollon croit-il que l'Amour
N'ait que lui ſeul à ſatisfaire ?

APOLLON.

Je ne borne point mes deſirs
A l'imparfait bonheur d'une flâme vulgaire ;
Achève, achève Amour, de combler mes plaiſirs ;
Tu ſais ce qui te reſte à faire.

Et toi, Pan, regarde ces lieux,
Ils doivent diſſiper le trouble qui t'étonne.

PAN.

Je voi la fameuſe Dodone,
Dont les chênes myſterieux
Annoncent aux mortels la volonté des Dieux :
Quel fruit en pouvés-vous attendre ?

APOLLON.

Iſſé les conſulte en ce jour :
Et par l'oracle qu'ils vont rendre,
Je ſaurai ſi ſon cœur mérite mon amour.
Mais j'apperçois Hilas.

PAN.

Il vient ici ſe plaindre.
Laiſſons un libre cours à ſes juſtes douleurs ;
C'eſt aſſés de cauſer ſes pleurs,
Sans vouloir encore les contraindre.

SCÈNE SECONDE.

HILAS.

SOMBRES deſerts, témoins de mes triſtes
regrets,
Rien ne manque plus à ma peine.

Mes cris ont fait cent fois retentir ces forêts
De la froideur d'une inhumaine:
Hélas! que n'eſt-ce encor le ſujet qui m'a-
mène?
L'ingrate de l'Amour reſſent enfin les traits;
Un perfide penchant l'entraîne.

Sombres deſerts, témoins de mes triſtes re-
grets,
Rien ne manque plus à ma peine.

Dieux! qui l'amène ici! les Amours ſont
ſes guides,
J'en ſens croître mon déſeſpoir.
Je porte ſur ſes yeux mille regards timides;
Ils ont encor ſur moi leur rigoureux pouvoir;
Et tout traîtres qu'ils ſont, tout ingrats, tout
perfides,
Je me plais encore à les voir.

SCÈNE TROISIÈME.

HILAS, ISSÉ, DORIS.

HILAS.

CRUELLE, vous souffrés ici de ma présence;
De mes tendres regards, vous détournés vos
yeux.

ISSÉ.

Je ne m'attendois pas de vous voir en ces
lieux.

HILAS.

On évite toujours un amant qu'on offense.

ISSÉ.

Je viens ici pour consulter les Dieux,
Ne vous opposés point à mon impatience.

HILAS.

Inhumaine, arrêtés. Que craignés-vous? hélas!
Mes soupirs & mes pleurs sont toute ma vengeance.

ISSÉ.

Oubliés une ingrate, & ne la pleurés pas

HILAS.

Qui vous forçoit de l'être à ma perſévérance.

ISSÉ.

Accuſés-en l'Amour qui m'a fait violence.

HILAS.

Non, cruelle, c'eſt vous qui voulés mon trépas,
C'eſt votre foible reſiſtance;
Vous bravés la raiſon qui prenoit ma défenſe.

ISSÉ.

Quand on ſuit l'amoureuſe loi,
Eſt-ce par raiſon qu'on aime?

Vous m'aimés malgré vous-même,
J'en aime un autre malgré moi.

Quand on ſuit l'amoureuſe loi,
Eſt-ce par raiſon qu'on aime?

HILAS.

C'en eſt donc fait, ingrate? o ſort infortuné!
A quels affreux malheurs me vois-je condamné!
Dieux cruels, Dieux impitoyables;
Que ne refuſés-vous le jour
A tous ceux que l'Amour
Doit rendre miſérables.

ISSÉ.

Dans quel cruel chagrin vous laiſſés-vous plonger?

HILAS.

La pitié que vous voulés feindre
Ne ſert encor qu'à m'outrager
C'eſt une cruauté de plaindre
Des maux que l'on peut ſoulager.

ISSÉ.

Je vois avec douleur le tourment qui vous preſſe;
Un autre ſentiment n'eſt pas en mon pouvoir.

HILAS.

Ne me plaignés donc point, votre pitié me
blesse;
C'est un mépris pour moi, puisqu'elle est
sans tendresse.

ISSÉ.

Je vais vous épargner le chagrin de la voir.

HILAS.

Non, non, ingrate que vous êtes,
Vous n'échapperés point à mes justes regrets.
Ne croyés pas que je vous laisse en paix
Jouir des maux que vous me faites.
J'aurai du moins, malgré vos mépris odieux,
Le funeste plaisir de m'en plaindre à vos yeux.

SCÈNE QUATRIÈME.

PAN, DORIS.

PAN.

DORIS, je vous cherche en tout lieux,
Sans cesse mon amour accroît sa violence.
Mon cœur trop épris de vos yeux,
N'est content qu'en votre présence.

DORIS.

Il sembleroit en ce moment
Que votre amour seroit extrême,
Il s'est augmenté promptement,
Mais il s'affoiblira de même.

PAN.

Ah! pourquoi prenés-vous cet injuste détour?
Faut-il, dans l'avenir me chercher une offense?
Ingrate, en voyant mon amour,
Pourquoi prévoir mon inconstance?

DORIS.

DORIS.

Non, je ne veux jamais partager vos desirs,
Mon cœur craint trop de faire un infidèle?
La peine qui suit les plaisirs.
N'en est que plus cruelle.

PAN.

Vous vous consoleriés dans une amour nouvelle
De la perte de mes soupirs.

Le moment qui nous engage
Est un agréable moment;
Mais celui qui nous dégage
Ne laisse pas d'être charmant.

Croyés-moi, bannissés une crainte inquiète,
Doris, laissés-moi vivre heureux sous votre loi.

DORIS.

Voulés-vous que j'accepte une volage foi,
Moi qui brulai toujours d'une flâme parfaite.

PAN.

Eh bien! vous ferés avec moi
L'essai d'une douce amourette

L'amour n'aura pour nous que de charmans
appas ;
Nous briſerons nos fers, quand nous en
ſerons las.

DORIS.

Eh bien ! à votre amour je ne ſuis plus re-
belle,
Et je conſens enfin à m'engager.
Voyons, dans notre ardeur nouvelle,
Si vous m'apprendrés à changer :
Ou ſi je vous rendrai fidèle.

ENSEMBLE.

Cédons à nos tendre deſirs,
Qu'un heureux penchant nous en-
traîne ;
Et que l'amour laiſſe aux plaiſirs
Le ſoin de ſerrer notre chaîne.

PAN.

Mais on vient en ces lieux ; ſuſpendons nos
ſoupirs.

laquelle le Grand Pretre les
Chœurs entrent par le fond

Se rangent en Cercle

SCÈNE CINQUIÈME.

ISSÉ, LE GRAND PRÊTRE *de la Forêt de Dodone.*

PRÊTRES ET PRÊTRESSES.

LE GRAND PRÊTRE.

MINISTRES, révérés de ces lieux solitaires,
Vous, qu'une sainte ardeur retient dans ce séjour;
Commencés avec moi nos augustes mystères;
Qu'Issé sache le sort que lui garde l'Amour.

CHŒUR.

Commençons nos mystères;
Qu'Issé sache le sort que lui garde l'Amour.

LE GRAND PRÊTRE.

Arbres sacrés, rameaux mystérieux,
Troncs célèbres, par qui l'avenir se révèle,
Temple que la nature élève jusqu'aux Cieux,
A qui le printems donne une beauté nouvelle;
Chênes divins, parlés tous,
Dodone, répondés-nous.

CHŒUR.

Chênes divins, parlés tous,
Dodone, répondés-nous.

LE GRAND PRÊTRE.

Mais déjà chaque branche agite ſa verdure,
Les arbres s'emblent s'ébranler:
Chaque feuille murmure,
L'Oracle va parler.

L'ORACLE.

Iſſé va s'enflâmer de l'ardeur la plus belle,
Apollon doit être aimé d'elle.

ISSÉ, *à part.*

O Ciel! quel oracle pour moi!
Que d'affreux malheurs je prévoi!

LE GRAND PRÊTRE.

Dryades & Silvains, venés lui rendre hommage;
Honorés Apollon dans celle qui l'engage.

SCÈNE SIXIÈME.

ISSÉ, LE GRAND PRÊTRE
de la forêt de Dodone.

PRÊTRES ET PRÊTRESSES,
SILVAINS, DRYADES.

CHOEUR.

CHANTONS, chantons Iſſé, chantons ſes traits vainqueurs.
Célébrons ſes beaux yeux, maîtres de tous les cœurs.

(On danſe.)

UNE DRYADE.

Ici les tendres oiſeaux
Goûtent cent douceurs ſecrettes,
Et l'on entend ces côteaux,
Retentir des chanſonnettes
Qu'ils apprennent aux échos.

(On danſe.)

LA DRYADE.

Sur ce gazon, les ruisseaux
Murmurent leurs amourettes;
Et l'on voit jusqu'aux ormeaux
Pour embrasser les fleurettes,
Pencher leurs jeunes rameaux.

(On danse.)

FIN DU TROISIÈME ACTE.

ACTE QUATRIEME.

(Le Théâtre représente une Grotte.)

SCENE PREMIÈRE.

ISSÉ.

FUNESTE Amour ! ô tendresse inhumaine !
Pourquoi vous inspirois-je au cœur d'un Dieu jaloux ?
J'aurois mieux aimé son courroux,
Je craignois cent fois moins sa haine.
Quel destin pour moi ! quelle peine !

(On entend un espèce d'écho qui lui répond.)

Qu'entends-je ? quelle voix se mêle à mes sanglots ?
Qui me répond ici ? seroient-ce les échos ?

Hélas ! ne ceſſés point de partager ma
plainte,
Plaignés l'état où je me vois ;
Soupirés des tourmens dont je me ſens
atteinte,
Et gémiſſés du ſort qui s'oppoſe à mon choix.

Vainement, Apollon, votre grandeur ſu-
prême
Fera luire à mes yeux ce qu'elle a de plus
doux ;
Je ne changerai pas pour vous
Le fidèle Berger que j'aime.

Mais quel concert harmonieux
Vient troubler le ſilence & la paix de ces
lieux ?

Chœurs ici les Messieurs des
en Tailles et Hautes-Contres.

SCÈNE

SCÈNE SECONDE.

ISSÉ, LE SOMMEIL, SONGES.

CHŒUR.

Belle Iſſé ſuſpendés vos plaintes ;
Goutés les charmes du repos.
Le ſommeil pour calmer vos craintes,
Vous offre ſes plus doux pavots.

ISSÉ.

Qui vous intéreſſe à ma peine ?
Apprenés - moi du moins quel ordre vous amène,
Quel Dieu propice eſt touché de mes maux.

CHŒUR. *(On danſe.)*

Belle Iſſé, &c.

ISSÉ.

C'en eſt fait ; le repos va ſuſpendre mes larmes.
Envain la douleur que je ſens
Veut me défendre de ſes charmes.
Le ſommeil, malgré moi, s'empare de mes ſens. *(On danſe.)*

F

Faire ouvrir la trappe du Sommeil sur la

LE SOMMEIL.

Songes, pour Apollon, signalés votre zèle :
Il veut de cette Nymphe, éprouver tout
l'amour.
Tracés à ses esprits une image fidèle
De la gloire du Dieu du jour. X

X Faire descendre le Sommeil

relie.

ieurs et
chauris vont
its de Péruviens
es et Asiatiques.

SCÈNE TROISIÈME.

HILAS, ISSÉ, *endormie*.

HILAS.

QUE vois-je ? c'eſt Iſſé qui repoſe en ces lieux !
J'y venois pour plaindre ma peine :
Mais mes cris troubleroient ſon repos précieux ;
Renfermons dans mon cœur une triſteſſe vaine.

Vous ruiſſeaux, amoureux de cette aimable plaine,
Coulés ſi lentement, & murmurés ſi bas,
Qu'Iſſé ne vous entende pas.
Zéphirs, rempliſſés l'air d'une fraîcheur nouvelle,
Et vous, échos, dormés comme elle.

Que d'attraits ! que d'appas ! contentés-vous mes yeux,

Parcourés tous ses charmes,
Payés-vous, s'il se peut des larmes
Que vous avés versé pour eux.

ISSÉ *se réveillant.*

Qu'ai-je pensé ? quel songe est venu me séduire ?
J'ai cru voir Apollon quitter les cieux pour moi ;
Je me trouvois sensible à l'ardeur qui l'inspire ;
Un mutuel amour engageoit notre foi.
Hélas ! cher Philemon, pour qui seul je soupire,
Ne me reprochés pas ces songes impuissans.
Mon cœur n'a point de part à l'erreur de mes sens.

HILAS.

Ciel ! qu'entens-je & le puis-je croire ?
Quoi ! le tendre Apollon, qui veut vous engager,
Ne peut à mon rival arracher la victoire ?
Quand vous charmés un Dieu, vous aimés un Berger.
Et j'ai contre ma flâme & l'amour & la gloire !

C'en eſt trop. Il faut fuir vos funeſtes attraits.
Je vais traîner ailleurs une mourante vie.
L'Amour ne m'offre ici que de cruels objets.
Vos feux , mon déſeſpoir , ma conſtance
trahie ,
Cruelle, tout m'engage à ne vous voir jamais.

(*Il ſort.*)

ISSÉ.

Que je plains les malheurs dont ſa flâme eſt
ſuivie !

SCÈNE QUATRIÈME.

PAN, ISSÉ.

PAN.

PHILEMON, belle Iſſé, ſouffre un ſort rigoureux,
L'Oracle, l'étonne & l'allarme.
Il craint qu'infidèle à ſes vœux,
Ce qui l'afflige ne vous charme.

ISSÉ.

Où pourrai-je le rencontrer?
Je brule de détruire un ſoupçon qui m'outrage.

PAN.

Je l'ai laiſſé dans le prochain boccage.

ISSÉ.

Vole, Amour, ſuis mes pas; & viens le raſſurer.

FIN DU QUATRIÈME ACTE.

ACTE CINQUIEME.

(Le Théâtre représente une Solitude.)

SCÈNE PREMIÈRE.

APOLLON, ISSÉ.

APOLLON.

NON je ne puis me rassurer;
Par vos sermens & par vos larmes,
Vous tâchés vainement de bannir mes allarmes:
Non, je ne saurois espérer
Que vous vouliés me préferer
Au Dieu puissant qui se rend à vos charmes.

ISSÉ.

Croirai-je, ingrat, que vous m'aimés,
Si vous refusés de me croire?

APOLLON.

Les nœuds que l'amour a formés
Vont être brisés par la gloire :
Pardonnés mes transports jaloux ;
J'ai tout à redouter, puisqu'elle est ma rivale.

ISSÉ.

Je ne la connois point cette gloire fatale,
Mon cœur ne reconnoît que vous.
Je le disois à cette solitude,
Elle sait mes tourmens secrets ;
Que ne peut-elle, hélas ! répéter mes regrets,
Pour vous tirer d'inquiétude !

C'est moi qui vous aime
Le plus tendrement.

ENSEMBLE.

C'est moi qui vous aime
Le plus tendrement.

Si vous m'aimiés de même,
Mon sort seroit charmant.

C'est moi qui vous aime
Le plus tendrement.

APOLLON.

APOLLON.

Non. non, vous m'oublierés pour la grandeur ſuprême.

ISSÉ.

Que vos ſoupçons me font ſouffrir,
Ciel ne puis-je vous en guérir ?

Apollon, en ces lieux hâtés-vous de paroître :
Par des attraits pompeux, tâchés de m'attendrrir.
Ce Berger, de mon cœur ſera toujours le maître ;
Et les vœux éclatans que vous viendrés m'offrir
Ne ſerviront... Hélas ! qu'oſai-je dire !
Mes tranſports indiſcrets preſſent votre malheur.
Ce Dieu qu'un vain amour inſpire,
Se vengera ſur vous du refus de mon cœur.

Mais, que vois-je ? quelle puiſſance
En un palais ſuperbe a changé ce ſéjour ?

(*Le Théâtre change & repréſente un palais magnifique ; on voit les Heures ſur des nuages.*)

APPOLLON.

Je vois les Heures : leur préſence
Nous annonce le Dieu du jour.

ISSÉ.

Ah fuyons, cher amant ! qui pourroit nous défendre
De la fureur d'un Dieu jaloux ?

APOLLON.

Non, je veux le fléchir, ou mourir ſous ſes coups.

ISSÉ.

Par quel frivole eſpoir vous laiſſés-vous ſurprendre ?
Fuyons, dérobons-nous tous deux à ſon couroux.

APOLLON.

Nos pleurs l'attendriront.

ISSÉ.

Je tremble, je friſſonne.

APOLLON.

Croyés-en mon espoir, plutôt que votre effroi.

ISSÉ.

Ingrat, veux-tu périr?

APOLLON.

Que rien ne vous étonne.

ISSÉ.

Ôte-moi donc l'amour dont je brûle pour toi,
Je ne me connois plus, la raison m'abandonne,
Jouis, cruel, jouis du trouble où tu me voi.
Un désespoir affreux de mes esprits s'empare.
Ciel! où suis-je! que vois-je! arrêtés, Dieu barbare.
Où portés-vous votre injuste fureur?
Épargnés mon amant, percés plutôt mon cœur...

APOLLON.

h! c'est trop belle Issé, voyés couler des larmes

Que je verſe à la fois de joie & de douleur ;
Je ſuis ce Dieu cruel qui cauſe vos allarmes,
Et ce tendre Berger ſi cher à votre cœur.

ISSÉ.

Vous ?

APOLLON.

Nymphe trop fidelle,
Iſſé, pardonnés-moi cette épreuve cruelle.

ISSÉ.

Vous, Apollon ? Malgré les maux que j'ai ſoufferts,
Si vous m'en aimés mieux, que ces maux me ſont chers !

APOLLON.

Heures, marqués l'inſtant de ma félicité.
Vous mortels, accourés, célébrés la beauté
La plus tendre & la plus fidele.
L'Amour forme pour nous une chaîne éternelle,
Venés, applaudiſſés à mes heureux ſoupirs ;
Pour prix de mes bienfaits, célébrés mes plaiſirs.

SCÈNE SECONDE *& derniere.*

APOLLON, ISSÉ, LES HEURES,

PEUPLES *des quatre parties du monde.*

EUROPÉENS, EUROPÉENNES, AFRIQUAINS, AFRIQUAINES, ASIATIQUES, CHINOIS ET CHINOISES, AMÉRIQUAINS ET AMÉRIQUAINES.

CHŒUR.

QUE tes plaiſirs ſont doux! que ta gloire
eſt extrême!
Que ta félicité dure autant que toi-même.

[*On danſe.*]

APOLLON.

Amour, ſous ce riant ombrage,
Vole, viens dans mon cœur lancer de nouveaux traits;
Règne, jouis de mon hommage,
Tu triomphes par tes bienfaits.

De la Beauté le doux ſourire
Fait oublier tous les malheurs,
Son charme embellit ton empire;
Il fait de tes liens une chaîne de fleurs.

Amour, ſous ce riant ombrage,
Vole, viens dans mon cœur lancer de nouveaux traits;
Règne, jouis de mon hommage,
Tu triomphes par tes bienfaits.

BALLET GÉNÉRAL qui termine l'OPERA.

FIN.

www.ingramcontent.com/pod-product-compliance
Ingram Content Group UK Ltd.
Pitfield, Milton Keynes, MK11 3LW, UK
UKHW031951260826
14628UKWH00004B/1990

9 782019 131272